歌集

花鳥風月のうた

安富康男

六花書林

花鳥風月のうた　＊　目次

装幀　真田幸治

花鳥風月のうた

馬酔木《アセビ》あざやか

風揺らぎ緑は迫る玉砂利の参道に人明治神宮

堂々と雨を含みて大鳥居北を背にして雲を仰げり

弥生日の空の青さを映し込み地向き伏したり清正井《きよまさのいど》

早春の菖蒲田には風過ぎて薄紫の片栗《カタクリ》の花

春の陽を受けて緑に瞬いて青木《アオキ》の木の実しゅんと匂えり

神宮の小楢《コナラ》林のもとに咲く躑躅《ツツジ》密かに陽を受けとめる

この庭に春風ふうと吹き寄りて木瓜《ボケ》の蕾は赫をしるせり

寒風に鈴懸の木《スズカケノキ》の二十本黒灰白の幹は鮮やか

春明けぬ神宮杜の青空に小楢《コナラ》大木枝《え》はりめぐらす

早春の寒風抜ける池の端木斛《モッコク》の木は陽に暖まる

風受けてしのべる春の気配知り喇叭《ラッパ》水仙《スイセン》一面に咲く

葡萄風信子《ムスカリ》の紫は濃く輝けり風爽やかなこの庭の春

艶やかな黄の水仙《スイセン》の傍《かたわら》に額紫陽花《ガクアジサイ》は穏やかに咲く

蒲公英《タンポポ》の花の間《あいだ》に 濃紫《こむらさき》鷺苔《サギゴケ》咲いて春を告げおり

早春の風健やかに過ぎゆきて馬酔木《アセビ》あざやか白の実つける

我が庭の春僅《わず》かなり微風に可憐に咲いた寒芍薬《クリスマスローズ》

白色に闘魂込めて姫辛夷《ヒメコブシ》昭和記念の野の傍に咲く

黄に黄つぐ菜の花《ナノハナ》畑拡がりて果てに木々あり昭和公園

菜の花《ナノハナ》に紫足して仏の座《ホトケノザ》黄の海の中彩り添える

菜の花《ナノハナ》の黄は重なりて萌える先木々に囲まれ更に菜の花《ナノハナ》

広きなだりに

赤坂のインターシティの前庭の櫟《クヌギ》林の緑は萌える

春告げる紫かちて 芝桜《シバザクラ》 北鎌倉の庭埋め尽くす

御苑にて色を誇れる丸花壇彩《あや》ひときわに三色菫《ビオラ》輝く

長谷寺の回廊近く収玄寺昔伝えて河津《カワヅ》咲きけり

真白にも一条のすじ伸びゆきて庭埋め尽くす春の夜の雪

春は来て教育園の道端に編笠百合《アミガサユリ》はおとなしく咲く

莢迷《ガマズミ》の緑葉揺れる先にたつ無患子《ムクロジ》伸びて春を告げおり

草むらに小さく白く蕗《フキ》の花春は名のみの風受けて咲く

黄優しく教育園の入口に今年も咲いた山吹《ヤマブキ》の花

熊笹《クマザサ》の茂る合間に黒く伸び我迎えたつ　楠《クスノキ》　の木々

早春の教育園の片隅に緑に染まる羅生門葛《ラショウモンカズラ》

道に沿う緑葉揺れて春を待つ青木《アオキ》黄緑濃き実をつける

この庭に春の風吹き緑葉の間に黄激しく山吹《ヤマブキ》は咲く

春を呼ぶ木々たつ中に健やかに紫に染む太刀坪菫《タチツボスミレ》

教育園小川流れる途の辺に大紫羅欄花《オオアラセイトウ》逞しく咲く

風受けてようやく咲いた桜花《サクラバナ》瓢箪池の水辺に憩う

草深き水生園に陽は落ちて灯台草《トウダイグサ》の黄緑は萌ゆ

桜《サクラ》見る女子高生の立つ先の広きなだりに花韮《ハナニラ》の群れ

無量寺の銀杏《イチョウ》木伸びて空覆い寄り添う 桜《サクラ》白く輝く

軽鴨《カルガモ》の群れは翔び立つ外濠に花咲き始め水ぬるみおり

椋鳥《ムクドリ》三羽

圧巻の 桜《サクラ》 木群れて春を告ぐ音に聞こえた 砧《きぬた》 公園

雲の間の鳩《ハト》の戯れゆくもとに春風受けて胡蝶花《コチョウカ》の群れ

雨降るも光のどけき春の野に染井吉野《ソメイヨシノ》は集いつつ咲く

一初《イチハツ》の紫咲いて目に沁みる緑さやけき我が庭の隅

枝は這う 桜《サクラ》 老木黒ずむも花華やかに春を謳《うた》えり

芝の辺に枝を潜めて咲く花の鮮やかなこと祭りの如し

堤越え染井吉野《ソメイヨシノ》の並びいて淡《あわ》花びらは風に揺れおり

この春に大島桜《オオシマザクラ》覇を競い葉緑添えて高らかに咲く

小松川干潟《ひがた》を尽くす堤辺《つつみべ》に芦《アシ》群れおりて春風を受く

大島《おおじま》の緑の野辺は花満ちて白雪柳《ユキヤナギ》縦横に咲く

江戸彼岸《エドヒガン》咲く黒き枝揺れ騒ぎ椋鳥《ムクドリ》三羽花に隠れる

小松川ロックゲートの閉まるとき鳩《ハト》は飛び交い舟渡りゆく

朱《あけ》に染まりて

風澄みて卯月の空は晴れ渡り 桜《サクラ》舞い散る新宿御苑

山吹《ヤマブキ》の黄は鮮やかに光りおり春の陽わたる新宿御苑

春の野に緑色濃く落羽松《ラクウショウ》気根《きこん》並びて陽射し喜ぶ

空青く春の御苑の草碧し　椿《ツバキ》の赫は眼に焼き付けり

春明けて新宿御苑の花の野に群れ鮮やかに大紫羅欄花《オオアラセイトウ》

風追いて 水澄《ミズスマシ》 ゆく池淵に菖蒲《アヤメ》咲くなり 鴉《カラス》 音《ね》響く

水辺には鷺《サギ》渡り来て憩いおり微風すぎる緑木の森

春の陽はドコモタワーを照らし抜き八重紅枝垂《ヤエベニシダレ》桜青空を突く

空蒼く日本庭園陽溢れて緑葉に黄は山吹《ヤマブキ》の花

枝張りて緑の若葉携えて百合の木《ユリノキ》一本天空を突く

春は来て四谷の町の路地深く昭和の銭湯名残漂う

春風は騒ぐ街にも訪れて四谷大木戸密かに遺《のこ》る

春浅く荒川土手に風ゆきて清く揺れいる蘿蔔《スズシロ》の花

春風に緑ふきいる唐楓《トウカエデ》ガーデンプレイスセンターにたつ

波寄せる佃大橋陽はさして朱《あけ》に染まりて朝焼けの街

朝風にいま晴れ渡る青空へ緑葉添えて杉《スギ》たちのぼる

この庭に皐月の風は行きすぎぬ黄は健やかな苧環《オダマキ》の花

青梻《アオダモ》は天空目指し枝を張る皐月初めの雨の我が庭

小手毬《コデマリ》の小さな白い花ありて風に揺らいではたはたと鳴る

新川の川辺にありて麝香連理草《スイトピー》曇り空にも朗らかに咲く

漆黒の空は広がる春の宵一条さして満月登る

白く可憐な

春の野の野川公園陽はさして熊四手《クマシデ》林黄緑に湧く

春盛り野川公園芝の野に櫟《クヌギ》たちたり陽の光受く

黒松《クロマツ》の木はどうどうと天を突き金水引《キンミズヒキ》の緑鮮やか

雨降れど春本番の水辺にて雛罌粟《ヒナゲシ》可憐な花を咲かせる

春風に緑は萌える木々のなか櫨の木《ハゼノキ》ひとりひょうひょうと伸ぶ

教育園伸びる小径のゆく先に緑誇りて松《マツ》の大木

そよ風は水生園を通り過ぎ春の陽浴びて黄菖蒲《キショウブ》の花

篠懸《プラタナス》春の野べにて枝を張り緑葉たちを天に突き出す

川の辺の草の緑は生え揃い大金鶏菊《オオキンケイギク》鮮やかに咲く

青空は水生園に映り住み白く可憐な野茨《ノイバラ》の花

緑愛で熊四手《クマシデ》林抜け出れば幹並ぶさま胸に荘厳

春の野の緑溢れる草むらに穏やかなりき山蛇苺《ヤマヘビイチゴ》

唐楓《トウカエデ》林となりて涼しげに夏を待ちおり武蔵野公園

早緑の溢れて続く山道を登れば響く鶯《ウグイス》の声

緑濃き葉は厳かに連なりて武蔵野公園山桜《ヤマザクラ》の木

高輪の往時しのべるホテル跡春の日浴びて緑しげれり

高輪の路地に沿いたるレジデンステラスを飾る木々見事なり

高輪に柘榴坂《ざくろざか》あり身をおいてビル見上げれば春盛りなり

竹林ありて

雨の日の明月院の裏庭も紫陽花《アジサイ》満ちて　鶯《ウグイス》は啼く

梅雨溜めて明月院の花菖蒲《ハナショウブ》色鮮やかに 蛙《カワズ》鳴きけり

芝面ともみじの間から陽はさして紫萌える花菖蒲《ハナショウブ》園

人絶えて明月院の西奥に竹林ありて雨雲を突く

黄緑に染まれる木々の間をついて榛の木《ハンノキ》すくと枝を伸ばせり

草むらと森の緑に囲まれて百日紅《サルスベリ》の木ようようとたつ

木洩れ陽を溜めて緑は更に増し辺塚苦木《ヘツカニガキ》は空を目指せり

春の陽と青空映える空間に花木大角豆《ハナキササゲ》の葉は透き通る

池に添い　槐《エンジュ》　緑に空を向き宮城野萩《ミヤギノハギ》は葉を拡げおり

草むらに静かに落ちる木洩れ陽に花梨《カリン》の木々は穏やかにたつ

月島の川辺にありて白詰草《クローバー》素直に白い花を咲かせる

ようようと隅田は流れ陽は照りて永代橋に舟ゆく声す

隅田川川辺に咲いた紅黄花《コウオウカ》弁艶やかに春を謳えり

梅雨の間の柏葉紫陽花《カシワバアジサイ》白満ちて花壇奥にて漂いおりぬ

公園の草とベンチと栃の木《トチノキ》と緑に染まり夏来るを告ぐ

川辺にて春の日差しを背に受けて撫子《ナデシコ》の花とうとうと咲く

熱海路の緑葉続く川端に白くさやかに咲く瑠璃茉莉《ルリマツリ》

日照り烈しく

浜離宮緑色濃き庭にたつ　楠《クスノキ》　の枝《え》に陽は降り注ぐ

梅雨の日の林の中に身を置けば柘榴《ザクロ》の赫は目に蘇る

初夏かおる水元公園空晴れて睡蓮《スイレン》一つ元溜に咲く

水無月の水元公園陽は満ちて 櫟《クヌギ》 木立はさらさらとたつ

陽を浴びて緑輝く落羽松《ラクウショウ》葉を撫であげてそよ風はゆく

えんえんと際まで続く花菖蒲《ハナショウブ》緑溢れて水元公園

木々たちて緑一つに染めあがり白楊《ポプラ》並木に陽は降り注ぐ

どこまでも梅雨間の空は晴れ渡り猛《たけ》く立ちたり水元大橋

月島の並木に咲いた山法師《ヤマボウシ》梅雨の盛りを華やかにする

緑葉の間に赤染めて 立葵《タチアオイ》 梅雨の日の風和やかに受く

夏の陽が教育園に溢れ満ち緑に白く山百合《ヤマユリ》の花

夏空にスカイツリーは突き伸びて白波曳いてゆく定期船

陽照るとも緑溢れる池側に禊萩《ミソハギ》ありて紫に染む

文月の暑さを凌ぐ木陰から首陀椎《スジダイ》の木は天空に伸ぶ

夏の日の夕暮れ迫るペニンシュラ尖塔伸びて西空を突く

夏祭り神輿を担ぐ衆人に日照り烈しく射すビルの街

暑さ呼ぶ葉月半ばの陽を受けて蚊帳吊草《カヤツリグサ》の黄の花は咲く

幹健やかに

神無月明けてときめく青空に緑一色清澄庭園

にじり寄る盛夏は過ぎて空晴れて緑まみれる大磯渡り

首陀椎《スジダイ》の木陰を越えて空と雲出　汐　湊《でしおのみなと》いま晴れ渡る

秋風を受けて石踏む我が耳を水分石《すいぶんせき》の沢音は突く

六義園人もまばらな秋の日に尋芳径《はなとうこみち》は林分け伸ぶ

陽の松と翠の芝に囲まれて心泉亭は悠然とたつ

涼風は隅田川原を吹き抜けて日差しに向かう夏菫《トレニア》の花

黄に染まるビルの 灯火《あかりび》背に受けて我を待ちおり待宵の月

ただ一輪彼岸花《ヒガンバナ》咲く野辺伸びて秋の息吹は草に漂う

秋さきの露を含んだ香りして木槿《ムクゲ》の花は桃色に咲く

楠《クスノキ》の天上目指す群れ先に一直線に表参道

雨含む木立は今日も緑濃く参道続き三百メートル

竹の子《タケノコ》の文字踊る服売る店の賑わい続く竹下通り

楠《クスノキ》の天に伸びゆく木々の間の砂利厳かに南参道

おもはらの森鮮やかなビルの間に秋陽は注ぎうろこ雲浮く

夏過ぎてようやくそよぐ秋風に枝垂れ桜《シダレザクラ》は枝《え》張りめぐらす

池端に秋の陽だまり伸びゆきて 鴉《カラス》啼く音《ね》に櫨の木《ハゼノキ》の赫

風のゆく今年は暑い神無月朝焼け空に鐸木《ススキ》揺れたり

秋の陽を受けて居並ぶ杉の木《スギノキ》の幹健やかに天上目指す

秋過ぎて森陰深き六義園青木《アオキ》はひとり心誘《いざな》う

鵯《ヒヨドリ》鳴いて

小石川植物園に秋は来て丸葉萵苣の木《マルバチシャノキ》黄の実鮮やか

植物園秋の陽射しは瞬いて　鵯《ヒヨドリ》　鳴いて百日紅《サルスベリ》の木

秋風を避けて葉陰に佇めば赫は眼に沁む　烏瓜《カラスウリ》　の実

神無月緑濃く過ぎ風満ちる伊呂波紅葉《イロハモミジ》の赫くなる前

陽だまりに芙蓉《フヨウ》咲きけり晴れやかに植物園に秋風は吹く

秋空は雲なく青に染められて毅然と築地本願寺たつ

秋の葉のこんもり茂る裂け目から相生橋《あいおいばし》のしかかるは見ゆ

たけなわの秋風がゆく川の辺に色とりどりの草山丹花《ペンタス》の花

住宅のいらかは続く茜空秋の朝焼けばうと拡がる

涼風がもみじ茂れる森を抜け緑葉の間に秋の陽はさす

秋の日の鶴見川辺に朝は来て花は小さな衝羽根空木《ツクバネウツギ》

森陰の小径はぐれて風抜ける蓮の葉《ハスノハ》揺れていっときの秋

秋盛りビルの並びに風吹いて築地の街に雲流れゆく

東方の夜空仰げば十三夜朧月夜に霞たなびく

秋の陽が岸辺跨いで注ぐとき黄花秋桜《キバナコスモス》鮮やかに咲く

新川に並ぶさくらの木々を越え朝顔《アサガオ》ありて紫に染む

空にほのかな

秋深き光が丘に風巻いて篠懸《スズカケノキ》の木に郷愁は満つ

長閑なり秋の陽揺れる公園の　楠《クスノキ》大木枝を拡げる

秋風の銀座通りの日は暮れて空にほのかな赤い夕焼け

颪めぐる秋の林の桂木《カツラギ》は枝張りおえて大空摑む

颪さやか秋の盛りの林野に栗《クリ》の実落ちて 鴉《カラス》音《ね》響く

唐楓《トウカエデ》 今並びおえ黄を照らす心満たして秋は来にけり

木斛《モッコク》の真っ赤な花は気負いたち芝の広場を率いつつ咲く

秋深く木立はしげる公園の地を這いてゆくさくら木の枝

公園の芝の広場に黄色味の栴檀草《センダングサ》は華やいで咲く

柳《ヤナギ》の木舗装道路の傍らに風に揺らいで秋を謳えり

秋の日の暮れゆく街に帷《とばり》おり夕焼け雲は天上に満つ

埋《うず》もれて桃色さやか 山椿《ヤマツバキ》 教育園に秋深みゆく

熊笹《クマザサ》を透いておりなす木洩れ陽に照らされ揺らぐ 楠《クスノキ》 の枝

秋深き神代植物公園に仏桑華《ハイビスカス》の花は溢れる

秋の陽が黄色い薔薇《バラ》に降り注ぎ人は群れいる神代公園

淡い光の

風そよぐ水元公園草むらに雀《スズメ》戯れ秋の陽は満つ

藪椿《カメリア》は赫く明るく咲き誇る秋風満ちる釣り堀の脇

陽を浴びる水元大橋伸びゆきて湖面に映る森林は澄む

秋深き水元公園釣り堀の陽落ちる果てにスカイツリー見ゆ

銀杏葉《イチョウ》は青空のもと色づいて池の水鳥穏やかにゆく

秋風の小鳥さえずる陽の中に牡丹臭木《ボタンクサギ》の花は揺れいる

赤に染む 欅《ケヤキ》 林の入口に団栗《ドングリ》落ちて秋を語らう

秋の陽を受けて黄色く居並びて美しきかな 櫟《クヌギ》 の木立

風澄みて 曙杉《メタセコイア》 の幹の間に淡い光の秋の木洩れ陽

街路樹の銀杏《イチヨウ》の黄葉は光帯び青空目指し傲然とたつ

青空をまたぐ木立に陽絡みて風さらさらと秋は来にけり

秋の陽は石川島に射し満ちて子ら戯れてあわ風はゆく

晩秋の陽光満ちる隅田川さくら木の葉は赫く染まれり

黄に染まり花梨《カリン》揺れいる林越え雨やむ空に雲は流れる

凛として一直線に霜月の空を目指して柳《ヤナギ》は伸びる

隅田川秋のさなかも流れゆく青空増して白波はゆく

ビルの間に秋を告げゆく落羽松《ラクウショウ》赤茶誇りて陶然とたつ

色映えゆきて

外苑に銀杏《イチョウ》落ち葉は降り積みて人魅せられて黄を踏み歩く

青空を抜けて今年も輝くは神宮外苑銀杏《イチョウ》黄葉たち

外苑に居並ぶ人を鷲づかみ黄とばり成して銀杏《イチョウ》舞いゆく

外苑の空に歓声こだまして歩道埋めつつ黄葉は舞い散る

外苑の銀杏《イチョウ》並木のすずなりに秋陽当たりてきらり輝く

石造絵画館あり池の前外苑銀杏《イチョウ》は黄に居誇れり

秋深し東京駅舎の道寒く陽照りたまりて欅《ケヤキ》光れり

青空に東京駅舎の煉瓦地の色映えゆきて銀杏《イチョウ》黄に散る

轟然とライトアップに浮き上がる霜月末の東京駅舎

晩秋の昭和公園陽降るなか神樹《ニワウルシ》あり真白に光る

野の傍に秋風吹いて目に紅《あか》き飯桐《イイギリ》の実は青空穿つ

青空に葉は輝いて心打つ南京櫨《ナンキンハゼ》は秋の陽ためる

陽を受けて黄は輝いて銀杏《イチョウ》木々風凪ぎ蒼き空を覆えり

晩秋の横殴り陽を身に纏い銀杏《イチョウ》の黄葉は黄を振り撒けり

深林の銀杏《イチョウ》五本に秋陽射す黄は鮮やかに御伽絵《おとぎえ》のごと

人集う昭和公園庭園に紅葉《モミジ》の朱《あか》は秋を自負する

美しき銀杏《イチョウ》並びてトンネルの黄色の園に茫然とする

深みゆく秋本番を身に受けて銀杏《イチョウ》黄葉散り野に座を占める

晩秋の石川島の川端のさくらの葉々は赫く光れり

秋の陽は満ちて渋谷の猿楽町葉を黄に染めて欅《ケヤキ》大木

さくら葉の賢くありて赤黄色猿楽塚に秋陽落ちゆく

秋の日の代官山の迎賓館蔦《ツタ》に囲まれ粛然とたつ

秋の陽に照るやエジプト大使館人は静かに像眺めゆく

銀杏《イチョウ》葉は散りて路面に秋の陽の満ちて菅刈平成の森

秋の日の菅刈公園 鴉《カラス》啼く黒鉄黐《クロガネモチ》の幹は光れり

赫に染まりて

陽健やか年の瀬迫る二の丸の雑木林に落ち葉降り積む

師走日の雑木林の二の丸に風こそ止みね落ち葉なお散る

武蔵野を模して拓ける二の丸の思い出綴る柏木《カシワギ》の木々

真冬日の東御苑はこごまりて白鶺鴒《ハクセキレイ》は砂利路をゆく

鴉《カラス》啼く汐見坂越え見上げれば白の椿《ツバキ》は高らかに咲く

風吹いて冬を迎える青空に楓《カエデ》一本茶黄に染まりぬ

橙《ダイダイ》のきいろ実がなる木を越えて初冬の陽射し燦々と降る

電飾の佃大橋見下ろして下弦の月は煌々と照る

暖かき初冬の陽射し浴びながら赫に染まりて山茶花《サザンカ》の花

冬の陽は白くさやかに注ぎくるアクアマリンの建屋を越えて

橙《ダイダイ》の黄の実は光る陽射し浴び今日穏やかな築地公園

寒椿《カンツバキ》 赤を印して咲きにけりアークヒルズに滝の音響く

手早くも年の瀬迫るこの部屋に柚子湯煙りて幸せを告ぐ

鍛冶橋ゆく人波を黄に染めて落ち葉散りゆく師走迫る日

年の瀬にアイドル追いて乙女娘の瞳輝く西口公園

ブルガリとヴィトンの合間人満ちて夕陽はるかな歳末の街

風の栖《すみか》の

欅《ケヤキ》木の茂る路地抜け見渡せば広尾の駅に冬の陽は満つ

賑わいの冬の雑踏包み込む広尾プラザの空を裂くビル

年の瀬も空は晴れたるパークビュー斜め陽浴びて木々並びおり

武蔵野の面影伝え茶に染まる雑木林の柏木《カシワギ》の群れ

元旦の陽はタワマンを照らすとも石蕗《ツワブキ》の黄は風に揺れいる

門松の立ちて春待つ　傍《かたわら》に鳩《ハト》は翔び来る上野公園

新春を寿ぐＡＮＡのホテルには華の香満ちて燭光冴える

街行けば崇文堂の仮店舗ビルの谷間に本を並べる

冬陽射す麻布十番路地果てに黒壁館のワイナリー見ゆ

冬の日の柳の井戸の冷たくて白鶺鴒《ハクセキレイ》は道渡りゆく

公園の欅《ケヤキ》葉枯れて冬の日の風の栖《すみか》の麻布十番

年明けの陽に元麻布ヒルズ照り仙台坂に寒風わたる

川のぞむ緑の橋を越えた先日向坂ありグレーにかすむ

初春《しょしゅん》の陽天空にあり　楠《クスノキ》を有栖川像従えてたつ

元旦の青空覆い陽は溢れ凧につられて親子は走る

川風を受けて煌めく丘の辺《べ》に春を告げおり藪椿《カメリア》の花

枯れ木従え

豪徳寺古刹陽だまりさくらの木成人の日の庭は澄みおり

寂として冬に竿刺す豪徳寺昼陽を受けて直弼の墓

豪徳寺傍に群れいる招き猫赤白まぎれ子ら戯れる

陽降るなか世田谷線は街をゆく緑の車両に響く警笛

寒空を黒く網描くさくら木の立つ間を突いて抜けるから風

駅前の路地を渡れば古着屋の古着居並ぶ下北の街

寒風の抜ける下北沢駅に鉢抱きしめる晴着の二人

駅前の路地艶やかな看板の下北沢は劇場の街
冬の陽は溢れ下北線路街アクセサリーに若者の群れ

冬盛り赤いバッグの女子高生下北沢の駅前をゆく

煌々と冬の陽光さす中に勝どきタワーは猛《たけ》く誇れり

プラハから来た団員は笑みまみれ演奏会の夜はふけゆく

はたはたと冬陽は落ちる浄真寺仏足石《ぶっそくせき》は苔の間にあり

寒風に音曲響く閻魔堂九品仏《くほんぶつ》あり枯れ木は揺れる

から風の寒さを凌ぐ仁王門枯れ木従え粛然とたつ

輝いて中品堂の阿弥陀佛冬風に向きぎゅっと佇む

睦月ゆき晴れわたるなり浄真寺寒風おして嗚呼梅《ウメ》は咲く

陽は晴れて睦月半ばの浄真寺蕾の赫の奥に白梅《ハクバイ》

陽を浴びて開山堂を護るごと杉《スギ》の木二本高々と伸ぶ

鷺草《サギソウ》の芽の群れ揺れる池側の冬の陽にいま山茶花《サザンカ》の花

侘びたるも昔ながらの九品仏《くほんぶつ》東急電車はゆらゆら進む

鐸木《ススキ》穂伸びて

緑木のカフェ抜け上がる階段に人は溢れて虎ノ門ヒルズ

冬陽満つ木曜昼の霊南坂ビル前の道歴史を語る

冬盛り虎ノ門ヒルズ風抜けて薄紫の柊南天《ヒイラギナンテン》

冬の日の都会にありてビルの間に愛宕の山は音もなく澄む

来路花《サルビア》の赫い花散る道越せば威容あらわす虎ノ門ヒルズ

藪椿《カメリア》の花は清かに江戸見坂ビル過ぎてまた造形庭園

虎ノ門未来都市ありビルの間に鐸木《ススキ》穂伸びて心慰む

階上のレストランにて眼凝らせば雲は泳ぎてスカイツリー見ゆ

カルティエの赤は映えたり陽を浴びて日曜朝の銀座二丁目

横浜の冬の夜更けて 街灯《まちあかり》 天空の雲裂いて満月

冬の日の朝潮橋に鴨《カモ》群れて西に飛びゆく雲多き空

ほこりたつ嗚於《おゝ》スクランブルスクエア渋谷の冬は上へと伸びる

空を突く嗚呼《あゝ》スクランブルスクエア渋谷に今日も人は息づく

冬の日の寒さ広がるビル群にひときわ映える渋谷ヒカリエ

騒がしく渋谷にビルはたてるなかモヤイ像あり穏やかに笑み

空の青さは

冬の陽は道玄坂に朝を告げ百軒店に人混み流る

寒き日の道玄坂に昼は来て手書きの文字のビストロの店

冬の日も焼肉煙立ち込める道玄坂のぶたキムの店

真冬陽が宮下公園照らしいてキャンピングカーに人群れいたり

風寒く宮下公園抜けゆくもドラえもん像に子ら戯れる

冬陽満ち照りて渋谷の交差点空の青さは更に濃くなる

ビル間には今日も昼陽は照りゆきてスクランブルに人波は満つ

ビルの間に冬風抜けて人去りて御嶽神社は節分を待つ

冬の陽はマークシティに伸びゆきて柳《ヤナギ》は揺れるのんべい横丁

行き交いて歩道に長く影伸びて岡本太郎のこどもの樹あり

冬の日の真昼の晴の陽を浴びて水天宮の影伸び落ちる

冬の日の人形町の街角の居酒屋東八歴史を語る

手際よくせんべいを焼く職人のせんべいを積む甘酒横丁

冬盛り赤い鳥居は陽に映えて光の中の松島神社

浄瑠璃の往時を偲ぶ弁慶像さくら木の間に黙したたずむ

乙女らの群れて居並ぶ明治座の壁輝けり冬の陽は満つ

冬風の人形町の路地行けばガレージパブの手書き文字あり

冬空は晴れて湯島の天満宮合格祈念の絵馬輝けり

青空に色は見事な枝垂れ梅《シダレウメ》ぎょうと拡がる湯島天神

如月の光溢れて梅《ウメ》の花白桃赤の湯島天神

風寒き湯島天神人群れて鹿児島紅の赫は目に沁む

苔にまみれて

馬車道の先にひらける洋館の威容は猛《たけ》き旧岩崎邸

真冬にて旧岩崎邸　佇《たたずま》う鴉《カラス》啼く音の庭の静けさ

岩崎邸和館はつとにひなびおり苔《コケ》にまみれて庭の灯籠

岩崎邸ベランダに立ち眺めれば庭の果てまで続く枯れ芝

冬の日の岩崎邸の庭園の撞球室は歴史伝える

椰子《ヤシ》の木のすくと茂れる前庭の岩崎邸は曇天にたつ

根津神社乙女稲荷の赤鳥居晴着わたりて節分の午後

根津神社透き屛の色鮮やかに六十年は一瞬の間

根津うらの六十年の古民家の思い出辿る銭湯の板

根津神社本殿までの参道に枯葉舞いきて千駄木の冬

青空に白雲浮かぶ冬の日に泉岳寺には甍は聳ゆ

泉岳寺軒を連ねる土産屋の上に真白く雲浮かびゆく

赤穂義士四十七士の墓所には小鳥さえずり冬の陽注ぐ

討ち入りの所以伝える主税梅《ちからうめ》冬のさなかに白く輝く

高輪の軒分け続く洞坂《ほらざか》の切れて確かな洋館の家

高輪の天神坂の昼下がりビルの合間に冬の陽は射す

木茂る間三重塔聳えたり鐘楼ありて澄む東禅寺

陽を浴びて参道伸びる東禅寺冬の真中に木々の葉しげる

冬の陽は射して高輪ゲートウェイ若さしるして床壁の色

潑剌と子ら叫ぶ声こだまする冬の陽注ぐ高輪公園

美は極致なり

幾たびの栄枯伝えて二百年兜神社はビルに埋もれる

黒ずみてなお輝ける元標の日本道路を示す確かさ

厳かな三越本館階の間に手塚雄二の龍は華やぐ

彩色は十メートルの天女像赤階段を従えてたつ

降る霜と漂う霧に包まれて美は極致なり冬鶴見川

横浜の街は見事に晴れ渡り稜線描く富士は伸びやか

如月の明けの茜の煙るなか白が峰誇り富士煙りおり

冬の日の東京証券取引所いま大理石冷たくてあり

冬の雨冷たくゆらぐ雑踏に動く歩道の新宿西口

冬の日の雨にまみれる道に沿い都議会議事堂粛然とたつ

黒々と欅《ケヤキ》木刺さる冬空の雨天を突いて都庁の庁舎

如月の風険しげに吹き抜くも雨に濡れつつ梅《ウメ》は咲くなり

人波の溢れて騒ぐ本願寺異国情緒のマルマラ階段

冬の夜を色添え励むかのごとくスーパームーン厳かに照る

晩冬の雪解け水をためてはく噴水清く佃公園

葉牡丹《ハボタン》の川辺の風に揺れるとき弥生初めの雲は流れる

梅《ウメ》一輪の

江ノ電の通り過ぎゆく踏切を長谷寺目指す人波はゆく

如月の寒さは募る江ノ電の始発車両に人満ち急ぐ

春一番吹いて人寄る長谷駅の郵便ポストは真っ赤に染まる

赤青の色とりどりに願い満つ　鴉《カラス》　音《ね》響くかきがら稲荷

長谷寺の晩冬しるす木々の間に観音堂は清らかにたつ

可憐《かれん》唐紫躑躅《カラムラサキツツジ》喰む中に池の緋鯉《ヒゴイ》は精彩放つ

木々の間の石階段を降り行けば和み地蔵に滝音は響く

晴れやかな弁天窟の石像群灯の中に笑みを浮かべる

長谷寺の池に臨みて風を受く梅《ウメ》は盛りを過ぎて佇む

長谷寺のオルゴール館いまに継ぐ展示見事に管楽器群

鎌倉の騎士と儀仗の御代つなぎ対僊閣《たいせんかく》の白塀ひかる

曇天に梅《ウメ》の木ひとり春を告ぐ北鎌倉の蒼い古池

黒塀が続く鎌倉街並に梅《ウメ》一輪の古民家館

踏切を渡る少女の二人連れ北鎌倉は冬まだ明けず

閑静な古民家続く鎌倉にひときわ映えてフレンチの店

雲のもと健気に咲いた沈丁花《ジンチョウゲ》新宿御苑の木々を励ます

欅木《ケヤキギ》の枯れ枝雲を突く傍の首陀椎《スジダイ》の木の葉は揺れ動く

春を待つ金木犀《キンモクセイ》は眼に沁みる新宿御苑の旧御涼亭

梅が枝に蕾ぽつぽつ咲きたるをドコモタワーは悠然と見る

早春の新宿御苑の片隅の寒緋桜《カンヒザクラ》に寒風抜ける

寒風が新宿門を吹き抜けど梅《ウメ》が枝紅く春呼びさます

春明けぬ内藤新宿分水道梅《ウメ》の蕾に鳩《ハト》は舞い寄る

あとがき

本歌集は、昨年末出版の第三歌集『四季のうた』の続編である。

冒頭、わたくしが所属する結社「歌と観照」社の全国の支部の皆様方には、ここに至るまで幾多のお褒めをいただきまたお叱りを授かり、それにより更に作歌に邁進できた経緯があり、これなくして本歌集の出版は覚束無かったものと、ここに心から厚く感謝申し上げる。

扨、かねてよりわたくしが志向する叙景歌は、もとより他に比して触れる者少なく創見や批判の稀有な領域であるところ、新しきを手繰り寄せようとするわたくしには究竟これに勝るものはなく、指標なくして艱難多くとも新たな耕作成しやすく、かくして広野を得たわたくしは短歌をつくるに感得された飛翔の伝達を目的としてこの分野への進捗を試み始めたものである。すなわち一手段として、ここに的を射たわたくしは、読み手に意味詳らかではなくても有識への衝動を経過すれば鑑賞法は自ずと明晰となることを前提とし、また読解に字句の狭間を追認していただくを基調とするものとし、心に湧く言の葉を珠玉大事に描き連ね、それを礎として作歌することとした。そしてわたくしはひとつに従来技にはない斬新な創造を目的とし、厳格に文法を逸するを回避しつつも既知の則を超えて新たな文言を創することを旨とした。

しかるうえ、いみじくも説明的か否かを頓着せず判読に便宜とせず、そして定型遵守・破調忌避を厳しく課した。短歌は歌い聴くのが本来であるので調べ（音調）こそが最も大事だとし、できた作品を何度も声を出して読み上げ心地良ければ完成だとする先輩の言に依拠して、わたくしは今回もこの作法をもって励んだ。

本歌集では従来を踏襲して、動植物名称は例外を慮ることなく漢字表記としカタカナのルビを振ったが、季節以外のものはひらがな表記とした。例えば、「さくら」は春以外の季節での桜の意味となる。

造語が頻出するが誤記ではない。例えば、「弥生日」、「黄優しく」、「横殴り陽」、「風凪ぎ蒼く」等である。ルビと造語の用法に関しては第三歌集『四季のうた』の「あとがき」に詳しい。

ついに新しき詩歌の時は来たりぬ、そはうつくしき曙のごとくなりき、と詠嘆した島崎藤村の心情を踏襲することはわたくしの永年の悲願であり、前述した経緯からも明らかなように新たな挑みはわたくしの短歌制作のそもそもの目的である。

そしてその新たな挑みは、これまでに存在する手法からの脱却であるから、わたくしはそこに、造語新生と動植物ルビと更に助詞省略とを手段として用い日本語が本来的に持つ美しさを追求してこの歌集とした。すなわち、文法や決まりごとを尊重しながらも情緒と詩情とを優先させた結果として飛翔の創作を試みたものである。

翻って括るに、常に叙景歌のみを志すわたくしは、前作の推敲時に主として新たな情緒創出を企図して造語活用の策を弄したが、この歌集では更にその頻度を著しく増加させた。これら造語使用の趣旨は一つは定型遵守ではあるけれども、より繊細な表現の創用、より豊かな詩情の醸成、の目的がある。叙景歌においては、理解しやすくなるなどの消極的な理由によって助詞付加により定型を崩すのは、必ず存在するはずの解決策の模索を割愛するからあたらず、字余りにした方が短歌としての効果がより効率的に得られるなどの積極的な理由がないかぎり定型を崩すべきではないと思われるところ、わたくしは上述の造語の創作に赴いた。字数制限を逆用したかったのである。

わたくしの作歌のその他の特徴、すなわち形容詞に代わる形容動詞の多用、一首内での動詞の多数使用、オノマトペの繁用、その他については諸先輩に過去幾多の御指摘を受けたところであるがしかし、叙景歌だとの特殊事情に鑑み自覚があってこれを難とはせず、ただ可能な限り豊かで多彩な情景描写を一首に収めたいとの願望の顕れとしたのである。

歌集を編むものすべからく続編こそが評価に耐えられるようにすべしと工夫を盛ることになるが、本歌集はその例に漏れてはおらず、前作以後に作歌した約八〇〇首から厳選、三六五首のみを収載した。一字一句精魂込めて編んだとの自覚のもと、先輩同好賢人の批評を衷心より待つ。

私事、学び舎にては有機化学を修め禄を喰んでは私法と語学とに身をうずめ業を起こしては人事に精励して、多感な思春期に慣れ親しんだ韻文に触れる機会を永く失してきたが、わたくしは今ここに至って日々短歌創作にいそしめる身をようやくにして得て万感の思いがある。

重ねるがわたくしが現在作歌に専念できるについては、「歌と観照」発行人小山常光様、編集人五十嵐順子様、主要同人河合真佐子様、同人小林さやか様をはじめ多くの先輩の皆様方には心のこもった指導を受けた。

本歌集の企図にあたってまたも佐藤千代子様には深深なる配慮を授かった。

帯文と抄出を頂戴した藤原龍一郎様には身に余る御恩を賜った。

出版にあたり、六花書林の宇田川寛之様には誤記指摘と推敲を含めて心からなる援助を受けた。

それぞれに伏して御礼申し上げる。

令和六年霜月

安富康男

著者略歴

安富康男（やすとみ やすお）

1946年　東京都練馬区生まれ。
1970年　東京大学薬学部薬学科卒業。
京都の製薬会社に約20年間勤務し大阪で特許事務所を
約20年間経営したあと、東京に戻る。
2015年　「歌と観照」入会、短歌を始める。
2021年　第一歌集『叙景歌』刊行。
2022年　第二歌集『東京のうた』刊行。
2023年　第三歌集『四季のうた』刊行。

花鳥風月のうた

（歌と観照叢書第312篇）

2024年12月15日 初版発行

著 者――安 富 康 男

発行者――宇田川寛之

発行所――六花書林
〒170-0005
東京都豊島区南大塚 3－24－10 マリノホームズ1A
電 話 03-5949-6307
FAX 03-6912-7595

発売――開発社
〒103-0023
東京都中央区日本橋本町 1－4－9 フォーラム日本橋 8 階
電 話 03-5205-0211
FAX 03-5205-2516

印刷――相良整版印刷

製本――仲佐製本

定価はカバーに表示してあります
ISBN978-4-910181-75-2 C0092